洞

牛山茉優

七月堂

目次

洞

上野恩賜公園

列に並んでいる
横を若者が通りすぎる
列は長いこと動かない
先に何があるかは知らないが
列にずっと並んでいる
公園の道を避けるように列がのび
駅の近くにまで続いている
駅は階段を降りたところにある
階段は背伸びをしないと見えない
風と一緒に人がまばらに上がってくる
本格的な冬になった
肌寒い

階段の方で老いた女が倒れている
人が気づいて一瞥をやるが
私と同じで足は動かない
目だけで女の行く末を憂いている
冬の夕暮れはひどく肌寒い
女は薄汚いフリースを一枚着て
地面についた両手に力をこめるが
その都度肘が折れてしまう
立ち上がることができない
私は変わらず目をやりつづける
列は長いこと動かない
女は汚れた袖から伸びた
黒ずんだ細い腕を
必死に地面に押し当てている
立ち上がるのを躊躇っているかのようで
立ち上がった後の行く先を案じているかのようで

自分を見ている気持ちになる
公衆トイレの前には別の女が座っている
植え込みにも人が座っている
公園は人が多い
列は長いこと動かない
女は長いこと動かない
私は長いこと動かない
日が陰りあたりが暗くなってきた
女は腕で立ち上がることを諦め
じっと地面にへばりついている
肩が息をしているそのまま
階段の手すりに向かっていく
問題ないと思う
私は列に並んでいる
列は長いこと動かない
私は長いこと動かない

女は手すりのそばで体を折り
じっと寒さに耐えている
階段の下から上ってくる人は
一瞥はやるが手はやらない
女の頭が階段の下に吸い込まれるように
落ちていった
つられて体も落ちた
ようやく列が前に進む
私は一歩前に動く
女は長いこと動かない
私は長いこと動かない
女は長いこと動かない

新宿駅西口地下広場

画面上で流れる雨の音が
ひどく近く感じられる
溜まった下水が
地下は耐えられないと地上に出る
広場にいる老人が
昨日の雨で濡れた服を着て
画面を見つめている
彼の目線は
その後街に移り
流れる人々を観察する
目頭に染み付いた黄色いやにが
彼の瞬きを伝える

滞る

地上に出た下水が酷く臭う
噴水だとはしゃぐ子らを
必死で止める親
生産し浄化され消費する水
大きな画面に映る子らのような時が
自分にもあっただろうかと
老人は思う

彼はずっとそこに座っているが
いつから座ったか記憶がない
過去の彼はその濁った目で
眩しい光を見て
都合の悪いことから目線を逸らしていた

小さな家に住んで
作れる家具は自分で作った
レジ横にある募金箱に
小さなお金を入れたこともあった

今はここで
ただ街を見ていることが
彼が進んでいる証拠である
流れる人たちが本当に進んでいるのか
見極めることが仕事である
滞ることは止まることではなく
流れることが進むことではない

水と膜

都市を流れる
水は
汚くて嫌いだ
と
此処にきて
間もない
頃には
感じていたが
あのときは
まだ此処にきて
一年ほど
喧騒が煩わしく

夜がない
森の中に
戻りたかった
あの大きな木の
皮膚の冷たさ
ざらつき
動けなくなるほど
力強く
地に張った根
彼から生まれた水を
私が飲む
うつくしい水が
都市を流れる

私は
彼の葉脈の中を

流れ
クチクラとなって
膜をつくり
守るのだ
子はいらない
ただ
あなたの葉
あなたの皮膚
そして
内にあるものを
あなたの周りの
膜となり
守るのだ

過ぎる

遠くからきた私と
遠くから来た鳥
滑り気のある空気を纏ったまま
私が此処に立ち止まる
行先を考えていると
鳥はどこかに飛んでしまった
背中の汗が
臀部を過ぎて脚に落ちる
その感覚を思い出す
温かい液体が私の脚の間を
滑り気を帯びたまま
意思と反し流れていく

辿った先の地面が熱く
私の一部が音をたて吸われた
酷く暑い夏の日だった
地面に跡を残した私が
ただ一人立っている
粘った空気を纏っていた
女と呼ばれるには早かった
信じるものがすぐ分かった
行先があまりにも見易かった
先ほどと違う鳥が
ずっと此処にいるのかと
私の頭上から問う
行先がまだ分からない
鳥が彼方へ過ぎていく

沼の水

本の中で
虫が挟まれ死んでいる
私が殺したのか
と思ったが真相は分からない
力いっぱいに本を閉じる

視線をあげ
美しい沼に目を移す
ふっと小僧が近寄ってきた
私の右半身の近くに立ち
じっと視線をなぞってくる
「これで治療が終わりますか」

その問いの意味が私には分からなかったが
へばりついている足元の大地が
肉体と精神と結びつき
すっと内側に入ってくるのが分かった

沼の底は深くて温く湿っている
ゆったりと揺蕩う藻が
水に馴染んでいくのが見える
沼の水は全てを飲み込み
境界線を無くしていく
少しばかりの粘度を持って
深いところまで沈み浮かび上がる
その肉体と精神が
私には美しく
嫉ましい

本の隅で小さくなった虫が
私の眼前に蘇る
私が殺したと
境界を無くした精神の一部が言う
肉体は沼の底に溶け
私のものではないと言う
ずっしりとした沼の水が
一度沈み
大地を伝って浮かび上がる

鼻

柔らかい鏡のなか
おどけた顔の叔父が
こちらを見つめている
叔父は何かを殺めた後
どこかに行ってしまった
決して帰ってはこないと
兄である父が言った
寂しがりだった
あんたの鼻はキュウヤのと似てると
祖母に言われたことがある
私は嬉しくなかったが
叔父が鏡から見つめるのは

その理由のせいだと思う

私は自分の鼻が嫌いだった
私の皮膚の内側
余分になった脂肪が
塊になって鼻の上に乗り
私の体の一番前を過ぎる
どこにいってもそうだ
徒競走でゴールしたとき
愛情を確かめるとき
鏡の前に座るとき
それが私の一番前に現れては
私の一番を奪っていった
だから嫌いだった

同じ鼻を持つ叔父は

いなくなる前に酷く痩せた
叔父の存在が日に日に減っていき
頬も腹も丸みを失い
腕や脚が鹿のように細くなった
でも鼻はいつも同じだった
まん丸として叔父の一番前にあった
火葬した後も
叔父の鼻は無くならなかった
私は叔父の鼻を鉄の棒で拾い
叔父の一番前に初めて触った

濡れた石

例えば、濡れた石がそこにあり
日々は流れていくとする
石には小さな血が流れているが
行き交う人には届かない
声は出ず
動けもせず
目を瞑る

例えば、濡れたお前がここにあり
日々が進んでいくとする
お前には人並みに血が流れているが
目の前の誰もが気づかない

声も出さず
動きもせず
夢も見ず

例えば、濡れた私がそこにいて
日々を反復するとする
私には大きな血が流れているが
そこにいるだけ、気づかない
たまに腕を持ち上げてみると
ひとりがちらっと振り返る
私は物足りず
大声をはるが
誰にもそれは届かない

濡れた私は知らぬ間に
ある日石になっていた

それには小さな血が流れているが
行き交う人には届かない
声は出ず
動けもせぬが
夢は見る

壁

目の前に壁がある
見たこともないような大きな壁で
端があるのかもわからない
世界が二分されたのか
それとも世界がなくなったのか
気づけば周りにだんれもいない
おーいといってても反応はない
果たして向こうがあるのかと
少々不安になったりもする

意を決して近づいてみると
表面はすこしザラザラしていた

ところどころ濡れていて
どろどろとした黒いものが付いている
触ってみると少し冷たい
見たこともない素材かと思う

ガサゴソガサゴソ音がなり
縄のようなものが降ってきた
おや、と上を見てみると
縄が幾つも付いている
これは壁ではないのかと思うが
いやはや正体は分からない
少し飽きたので寝ることにする

おーいという声に目を覚まし
辺りを見回すが誰もいない
新しい縄がまたあり

壁には窪みができていた
寝る前にはなかったような気はするが
確信がないのでなんとも言えぬ
なんとなく人の形にも見えるが
恐ろしいので勘違いとする

それを毎日毎日繰り返し
縄と窪みが増えていく
依然と正体は分からぬが
毎日おーいと呼ぶ声で目を覚ます
向こうに誰かがいるのかと
叩いた拳からは血が滲んでいる
落ちてきた縄で首でも吊ろうと思ったが
引っかけるところがなくできない
この壁の前で死ねないまま
何年経ったか分からない

またおーいという声に目を覚ます
今日は腕の皮膚を隙間の隙間まで
見ることにした
じっと見ていると意外とおもしろい
ぷつぷつと毛穴から毛が生えていて
ぷっくりとした青い血管が見える
出ていた血がまた固まってきた
何かに似ているなあと思いつつも
わからないのでまた寝る

今日は落ちてくる縄を眺める
色は黒、茶、金、白など
いろいろある
端の方が細いものもあるし
球体みたいなのが付いているのもあった

見たことあるなあと思いながらも
面倒なのでまた寝た

ずっとそれを続けていると
皮膚は壁に似ているような気がした
まさかと思いつつ見比べてみると
皮膚のようであるが、皮膚ではない気もする
そう思うと縄は髪に似ている気もするが
気持ちが悪いので寝ることにした

それからおーいという声が聞こえなくなり
新しい窪みがまた生まれた
次にきた人間が飽きてきたようなので
おーいと言ってみることにする

幸福

犬が三匹いる
八畳二間のせまい平屋建てに
犬が三匹おりました
犬は勝手に散歩に出かけたり食い物を食べたりして
何不自由なく暮らしております

犬は人と暮らしていて
八畳二間には
人が一六四人おりました
人は一畳に約二〇人いることになります
実際それは難しいので
流し台の上

机の上
その机の下
トイレの中
風呂場にもおりました
人は必死で自分の場所を探しているようでしたが
結局は折り重なっているものが殆どでした
しかし
衰弱したり
暴力で傷ついているものはおりませんでした

人の食事は犬が食べた残りの肉で
散歩の最中に見つけた動物の死骸が殆どでした
骨の軟骨の、さらにその先まで丁寧にしゃぶる人の音が
室内にはずっと響いていました
この家の犬は骨を好むことはありませんが
人は口寂しくなると骨をしゃぶり

時には落ちている誰かの糞を手で撫でては
口に運んだりしていました

この家には人が一六四人もいますが
人は犬に与えられた骨をしゃぶり
それが足りない時は糞を食べたり触ったりし
不自由なく暮らしています
衰弱したり
暴力を受け傷ついているものは
この家にはおりませんでした
ただ
人が一六四人折り重なって犬三匹と暮らしている

窓の隙間から人が沢山いるのが見えたと
近所の方から相談があった
扉を開けると悪臭がひどく目立つ

廊下のない家の中に
通勤時の電車と同じか
あるいはそれ以上の人がいる
犬が私を見つけ吠えてくる
家の主が犬なのか人なのかわからない
すみません、と発した言葉が
人混みの中に紛れてしまった
下を見ると髪と人糞がたくさん落ちて
床の色が見えなくなってしまっている
連れてきた記者が躊躇いながら写真を撮る
衰弱もせず怪我もない人たちの顔が
悲しみもなく不思議そうに私を見つめている

坂ノ上

坂ノ上に家があります。正確にいうと坂ノ下から家は見えないのですが、鬱蒼と生い茂る針葉樹に囲まれ、内側に大きなお屋敷があるのです。大きな幅の道が、お屋敷までゆったりとした勾配で続いています。まだお屋敷は見たことがありません。

私は悲しくなった時、家に帰らず駅からお屋敷を目指してよく歩きます。長い長い坂を一歩一歩、踏みしめて登ります。息が切れ、汗が流れ、「ああまだあんなに遠い」と何度も思いながら、お屋敷に向かいます。その時には、日々の疲れも悩みも、あきちゃんに言われた言葉も全て忘れてしまうのです。そして、家に帰る頃には全部どうでもよくなってしまうのです。

もしかしたら、すごい坂なのかもしれないと思いました。坂ノ下から坂ノ上に登っているあいだ、私は私のことしか考えられないのですから。

序盤はしっかりと登れます。息も漏れず、前をむいて坂ノ上の上にある空を見たりする余裕もあります。ぷっくりとした雲がひとつ浮いている空に向かって、ひたすらに歩くのです。

ですが、坂の中腹にたどり着いた時から、私の上半身に変化が起こります。汗をかいて滑りがよくなった肌から、シュワシュワと煙が出てきます。毛穴のひとつひとつから、丁寧に煙が出てきます。私は肌をつまみながらその噴出口を確かめます。立ち止まって、私の穴とそこからでてくる白い煙をじっとみて、息を整えます。穴は私の肌の上にたくさんありますが、一つも漏らさず煙が出ます。それは、私の体が私の生命の熱に耐えられない証拠だと、聞いたことがあります。穴から出て煙になった内側の私が、小さな小さな息吹を上げているのを確かめるのです。

そのまま坂ノ上を目指すのをやめてしまうこともよくあります。肌の隙間から湧き上がった私の息吹を、母に伝えたくなるのです。その時は急いで坂ノ下を目指し走ります。そうするとまた、私の腕の穴から息吹が芽生え続けるのです。

もう大丈夫だ、と思います。お屋敷までつづく坂の上で私は私を知ることができるのです。

いつの間にか部屋は薄暗かった

男の抜け殻を尻に敷き
また生えてきた毛を眺めた
磨硝子は橙色に煌めき
時間の明滅を数えている
思ったより静かな男に
火をつけるのを躊躇う
窓を開けしばらく経つ
木から葉っぱが落ちる音を聞いた
鳥が鳴いた
遠くの方で太陽が沈む音がする
大きな森が全てを覆い隠している
何も知って欲しくないと願う人間が

叫んでいる声がする
石はきんきんと話し
苔がふかふかと笑っている
川の近くに鉄道が走っている
試しに庭の小さな虫を燃やす
声の出ないそれに安堵し
私はもう一度部屋に戻る

往来向公園

私は気持ちが良くなって
公園のベンチで眠っていた
腹が膨らみ縮んでいく様を両手に感じながら
心地よい光が私の皮膚を覆っている
このままこの場で果てたい
初夏の日差しに包まれながら
瞼の奥で目も閉じた

息苦しくなり目を開ける
暗闇のなかで目が開いているのか
瞼が開かないのか分からなかった
腹が膨らんだまま止まっている

息をしようにも呼吸がない
身体からぷつぷつと音が鳴っている
近所の公園で寝てしまってから
夏の日差しを浴びた肉体が
発酵しているようである
腹に小さな泡が溜まり
ぷつぷつと弾け続けている
父と母にラインしておけばよかった
と動かない肉体を携えて思う

つまらないことを言うようですが
筋肉と脂肪とが同じになってきた
脳から筋肉への伝達が進まず
私の内側が溢れてしまっている
背中だけでなく
私の皮膚の内側にまで浸透するほど

地面が濡れているのが分かる
臭いは分からない
私は瞼の奥でも目を瞑ったままである
生前、血は赤色だったが
今は何色なのか確かめたかった
臓器が溢れる音がした
ぷつぷつと啄む音もする

死体を見たことがあった
家の前にある踏切で見た
急ブレーキの音が鳴り響いて
私は興味本位で外を見た
人だかりができていた
なぜかひどく気になった私は
その場から離れることができなかった
ツイッターには運行状況と一緒に

ひっそりとその死体の写真が上がっていた
女だった
私の臀部によく似ていたから
若い女だったのだと思う
老人たちが寄っていく様を眺めていた母が
「死が近いから気になるのだろう」と呟いた

今ではあの女が妬ましい
美しい状態で保存された
老人たちの視線に啄まれることはあっても
ぷつぷつと音がすることはなかっただろう
私の腹が、胸が、臀部が、
ぷつぷつと音を立て崩れていく

もうすぐ骨になると思うと気が楽だ
私の毛髪もいつかは朽ち

自然と一体になる時が来るのだろう
生前死んだ女と私の区別がつかなくなり
骨になった私が、私でなくなり
どこかの世に溶けていくと思うと
随分と気が楽だ

女たちの顔

顔の右端から光が漏れ
丸みを帯びた頬が破裂する

この島の女性たちは
誰かと初めて性行為をする時に必ずそうなる
幸せや恐怖やその他何らかの感情たちと
相手の陰茎を受け入れる瞬間に
顔の右端から光が漏れ
丸みを帯びた頬が破裂する
痛みを超えられるほど愛していればいいが
破裂した顔を愛してくれるのならいいが
そのような人は到底いない

この島の女性たちは
子孫を残すために自分の顔を潰し
ぐちゃぐちゃの女になってから
可愛い可愛い子供を産む
いつかこの子の顔が破裂するのを恐れながら
いつかこの子が誰かの顔を破裂させるのを恐れながら
外に出たがらない母親のことを思う

私は母の顔を見たことがない

父、ぐちゃぐちゃの母、兄、ぐちゃぐちゃの私、夫、息子、ぐちゃぐちゃになるかもしれない娘、祖父、叔父、ぐちゃぐちゃの叔母や祖母や近所のおばさんたち

大抵の女性の顔を見たことがない

何処かの国では
どうやら顔は破裂しないらしい
代わりに何かが破裂するのだろうか
女のものでなければいいが

山

山になろうとしている。

胸の前で合掌し、手始めにまぶたを閉じます。閉じることはたいへん簡単で、瞳の上にのった薄い襞が、眼球を覆い隠し、黒目の僅かな隆起と白目の外側にできた間が、まぶたの裏に馴染むのを待ちましょう。

じっとしているとすぐに終わる。

それから、爪先と踵とで、床を確かめる。いまここは室内ですが、足の裏がまるで大地と接しているように。そう信じきって踏みしめる。このとき、視線と心をどこに向けるかが大変難しい。どうしても黒目の行方と意識の行方とが気になる。自分の重心が足を伝って大地に根を張っている。はずだが、足が大地から離れて仕方がない。

わたしはまだ山になったことがない。

山になろうとするのと、山のポーズをするのとは、まるで違う。それでも、山になるためには、山のポーズをすることから始まる。山のポーズは、右に述べた通りである。胸の前で合掌。軽く目を閉じ、足の裏が大地とつながっていることを確かめる。呼吸に意識を向け、深い呼吸を繰り返す。自分の重心や体の意識がどこに向いているかを、丁寧に確かめる。

しかし私には、目があり、鼻があり、脳があり、手があり、足があり、尻があり、膣があり、毛が生え、意識がある。山にそれらがあるのかは、山になった時にしか分からない。わたしはまだ山になったことがないから、予想をする。山にも、だいたい同じようなものがあるが、性別はない、ということにした。

山は群集のようである。それぞれに、目の役割、耳の役割、手の役割、など役が与えられている。だから五体があるし、意識もある。小さな脳があつまって、大きな波のような世論があるかもしれない。

山の木は、毛のようである。一年の周期でだいたいが生え変わる。短い毛も、長い毛も、太くて逞しいものもある。毛根は凄まじい。周囲に張り巡らされ、頭皮は決して崩れることがない。

内側を通る水が、血である。土の間から湧いてでた水は、汗であり、唾液であり、血でもある。それが麓に向かって流れ、川ができ、道をつくる。川の出口が、膣であり、それは山への入り口でもある。山には性別がないから、陰茎も持ち合わしている。陰茎は、入ってくる全てであり、それは、精子を含んでいる。

精子は、あちこちに入り込み、山を犯す。山はすべてを受けいれる。命が生まれ、そのせいでひとつの命が壊れる。ずっとこれが続いている。子宮はない。山は、山の中で、生まれ落ち、朽ちて、死んでいく。

わたしはまだ山になったことがない。山の麓で目を閉じ、手を合わせる。

イカを食う

右足の付け根が痛くなって立ち止まる
空の上を秋によく似た雲が走っていて
その方向に目を向ける
歩けないほどではないが
これ以上歩くのは面倒だった

昨日の夜中のことだった
月が低いところに一人でいて
夜中なのに変だと思った
外壁に寄りかかって空を見ている私に
降り注いでくるような
感じだった

私は空腹に耐えかねて
スーパーに向かっていた
こういうときは猟銃ではなく
金を持って出かける
起きたばかりでまだ耳の奥が痛い
ツンとするというより
ずきずきと動脈がうごめいている音が
ずっと耳のそばで鳴っていて
たぶん首にある大きな血管の音なのだけど
雨が降って屋根にあたっているような
感じだった
次第に雨が降ってきた
私は買い物袋を忘れて
4円払って袋を買った
失敗した
袋の中にはイカが入っている

昨晩食べたイカが腹の中で動いている
スーパーで粘り気をおびたイカが
ビニールシートの上で動いているのが見えて
ひどく心惹かれて
今すぐにこれを食べたいと思った
洗って茹でて硬直したそれを丁寧にしゃぶった
丁寧に
最後まで
食べた
食べた感触は今すぐ思い出せる
噛むときに私の顎が一度つかえて
ぐっと肉体に歯を押し込める
あの弾力と中から出てくる汁が腹を満たして
今度は今の私の空腹を刺激する

雨が鳴り、イカが腹で踊っている。耳のそばで血液が音を立てている。一緒に流し込んだ水が腹の中でイカの住処になっている。腹の中というのは胃でもなく、腸でもなく、子宮のことだ。右足の付け根が痛んだから、多分スーパーよりもっと遠く、随分と遠いところまで歩いたのだと思う。月が低いところにいて、私はイカがとても食べたくなって、結局今は子宮の中でイカを飼っている。私が顎を一生懸命に使って肉体を千切ったイカが、腹の中で細切れのイカになって踊っている。イカから出た粘り気のある汁が羊水と絡み合って一緒になる。腹を内側から蹴られて破けそうになる。小さな生命が腹の中で生まれている。

内側と蝉

先ほど、外側から来ました。私にとってはあちらが内側だったのですが、こちらから見ると外側のようです。私を視界にいれた内側の人は皆口を窄めて、じっとこちらを伺っています。遠くの影から私を見つけては立ち止まり、静かに息を呑む音が聞こえてきます。私が外側から来たからでしょうか。

蝉が鳴いています
鳴いている蝉はあまり見つけられず
大抵死際の姿で
道の中央や端のほうに仰向けでいます
ジ
と死を待つ姿を
軽蔑した目で眺めます

境を跨いだ私を内側の人が見る時と
まったくおんなじ目です
決して生を与えないように
隣をすり抜けていきます

小さな円の内側
その周りの大きな外側

私は外側の人でしたが
乾いた身体で
ジ
と死を待つことはありません
湿った腕を振り
頭皮の熱を感じながら
内側の、その内側に向かいます
仰向けの蝉の手と足

そして私にはないその間の手を
しっかりと観察し
乾燥した身体と
乾燥した羽を
丁寧に剥がしてやります
湿り気を帯びた方が
生き物らしいと
内側の人は言います
こちらに立ち始めた私は
じっとその姿を眺めます
湿っていく蝉の姿
そして
外側からやってくるものに
じっと
視線を送ります

奈良市庁前

柔らかい濃度の日差しが
朝の空気を溶かしていく
私は大通り沿いのバス停で
定刻に遅れるバスを待つ
視界に靄がかかる
向こうにいる鹿に会釈をすると
鹿は私に一瞥をやる
彼らは悠々と草を食べ
図々しく生活を乱していく
朝靄の中、徐行する車が
彼らの行先を案じている

私はバス停に腰を掛け
慣れない朝の寒さに縮こまる
半袖の少年が不思議そうに私を見ると
急に肩身が狭くなった
侵入し、乱したのはどちらか

五分遅れで来たバス
知らない顔をした人らが
乗り込む私に一瞥をくれる
貰ったものは返さなきゃならないから
私も人らに一瞥をやる
靄がかった視界は
私が外側から来たからだろうか
冷房の効いた車内で
肩を窄めながら考える

山を歩き草を食べ
言葉と味に慣れたころ
ようやく靄が薄れていく
私が内側に入っていき
鹿の行先を案じることに
どれほど時間がかかるのだろうか

熊野

緑苔に守られ生きてきた
かつての面影はもうなく
この小さな破片でさえ愛おしい
友人は皆小さくなったり
大きくなったりした

雨の多く降るこの町では
綺麗な苔がよく育つ
水滴がじっとりと座っている
苔の上を歩く沢蟹を
何匹看取ったか分からないが
やってくる人間を

看取ることは少なくなった

人間は大きな友人を神と呼ぶ
彼に会うために此処へ来て
大きな縄を取り付け手を合わす
露が凍るほどの寒さでも
蟻のようにやってきたが
そういうことも少なくなった

父は随分と大きくなってから
少し前に動かなくなった
ふかふかと笑う苔に守られ
違うものへ変わろうとしている
私は選ばれなかったが
此処で小さな破片へと
変わっていくのだろうと思う

柔らかい黒いものを纏い
緑の蔭にただ留まる

山辺に溜まる

小さな風が吹き抜けていきます
前には見知らぬ老いた男
私は後ろからひっそりと男を追いかけます
サクサクと柔らかい地面の音だけが
辺りにしっとりと響きます
コンタクトレンズの隙間に空気が溜まっている感覚
目がひどく乾燥している
強い瞬きで気を紛らわします
男は一心に進んでいく
日本で一番古いとされる道に
一直線に並んで男と私が歩いている
老いた男は時折振り返りながら

周囲の遺跡には目もやらず
行く

強い日差しが照りつけている
老いた男は大業にベンチへと腰かけた
少し遅れて私がそこにたどり着くと
老いた猫がこちらを見ている
鼻水を垂らして甘えてくる猫が
私には醜く、愛しかった
老いた男は何かを食って座っている
彼の前面には顔がない
バケットハットとモンベルのリュックが
その顔にひどく不釣り合いだった
猫が私を愛しそうに見上げる
鼻垂れの顔を写真に撮り
出発はまだなのだろうかと思う

「糸が出るから」
老いた男が食いながら言う
「いと」「糸だよ」

気味が悪くなった私は
猫をひと撫でし、道に戻る
男が後から付いてくる
目的地は同じなのだろうか
この道はどこに続いているのだろう
古ぼけた案内板だけを頼りに
私は必死に進んでいく
右目がひどく乾燥している
老いた男の速度は緩まず
私のつい後ろにまで近づいている
白い轍の上を歩く私は微かに音を立てながら

不確かな道筋を辿っていく
老いた男の足音は聴こえない
初秋に似合う晴れた日だった

小さな風が吹き抜けていきます
前には顔のなくした老いた男
右目がひどく乾燥している
コンタクトレンズの隙間に
晴れた日の空気が溜まっていく
鼻の垂れた猫が男の隣で鳴いている
老いた男は私の眼前に立ち
私の右目をじっと見ている
と思う
ひどく目が痛いので目を擦ると
か細い糸が伸びて出た
睫毛のような細い糸だったが

とても長く、美しい白さである
老いた男は私の右目に手を伸ばしている
いつの間にかバケットハットがなくなっていた
私の右目から出た糸を
老いた男が丁寧に取り出していく
眼前で行われる儀式のような作業に
私は抵抗もできず立ちすくむ
老いた猫が足元で動いている
男は私の目から出たか細い糸の端を持ち
ゆったりと来た道を戻り
行ってしまった
緩やかな弧を描いて続いていく白い糸に
老いた猫が甘えた声をあげる

小さな風が通り抜けていきます
幾重にも重なった白い糸が

轍となって続いている
日本で一番古いとされる道の上で
モンベルのリュックを背負っている

河内港

ジャラジャラと貝が音を立てている
薄っすらと白んでいる港で
貝がジャラジャラと音を立て揺れている
浜には連れられてやってきた
遠くで犬が走っている
貝が砂の代わりになって
隙間なく重なっているような浜だった

波を浴びた貝がジャラジャラと言う
浜の貝は空で
肉体と呼ばれる内側がなかった
貝の内側の肉体は

以前は確かに貝の内側に在ったのだが
ここにたどり着く前か後に
海か
鳥か
蟹か
人か
に殺されその骨の内に消えてしまっている
次第に風が強くなる

死んで肉体を無くし骨だけになった
貝殻を
その貝殻を
先生はバチバチと踏み潰し
殺しながら海の奥に向かっている
隣には犬が立っていて
肉球にはたくさん骨が刺さっている

貝殻は一度死んでから
ここでもう一度殺されることになっている
だから先生は貝を念入りに踏んづけていった
私は恐ろしくて二度目の殺害をできるだけ減らしたが
それでも貝はバチバチと何度も音を立てた
先生は風に煽られながら海に向かって歩いている
私は追いかけるのに必死になる
バチバチと貝が音を立て割れている

先生と私は靴を履いていて
その下で貝を殺している
バチバチと割るときの反動が骨に響く程度で
それは簡単に行われた
犬は肉球を血まみれにしながら
その長い鼻で排泄場所を探っている

死骸の上を犬と先生と私がバチバチと歩いている

次第に夕日が見えてくる
海の奥に沈んでいく
私はそれに夢中になる
先生が真っすぐ進んでいく
海はいい、という言葉が
ひどく穏やかであった
小さな浜に連れられてやってきた貝が
折り重なって窮屈そうに死んでいる
二度目の殺害は簡単に行われる
犬の血が代わりに流れている

幕張

海の青さが気に食わない
砂浜に埋もれた石を掘り起こす
海沿いの風は酷く冷たく
水平線のタンカーを揺らしている
向こう岸に見えるスカイツリーは
靄がかった東京によく似合う
麓の川でまた誰かが用を足している
ヒトの糞尿に紛れた水が
大きな海となり広がっている
尿の力で丸くなった石を
私は必死になって探している

砂が足を奪っては締め付ける
口の中に紛れこんだ砂が
歯ぎしりに似た音を立てる
食いしばりが治らない
歯茎には赤い色をした血が溜まっていて
海の青さには腹がたつ

サイレンが耳元で鳴っている
野球ボールをミットで受け止める音が
ペチンペチンと鳴り響いている
足首のところで赤い液が溜まって
顔が青白くなってくる
真っ赤な顔をした坊やが
嬉しそうに私を見つめている

東京の下町にある大きな川が

じっとりと海へ入りこむ
食い物から産まれた糞尿と死骸と
真っ青な海とが
薄い膜を挟み合っている
丸みを帯びた石が
重い砂の中に埋まっている

スカイツリーには靄がかかっているが
地平線には澄んだ富士が見える
生臭い匂いの中に
白檀の匂いが混じってきて
血が抜け白くなった魚が
青い水に揺れほぐれている
砂浜に打ち上げられた石が
砂の中に埋まっている

海の青さが気に食わない
私は小さくなって
重たい砂の中に埋まっていく
朽ちた木から白檀の匂いがする
私がゆっくりとほぐれていく

冥途

京成線が緩いカーブで続いている
降りた先で角を曲がると
大きい風車と沼がある
空は真っ赤に染まっている
昼に家を出てから
まだ太陽を見ていない

京成線の電車が音をたて走っていく
ステンレスの四角い車体が
地面を揺らしふらついた
銀色の内側にいるたくさんの人の中で
赤い色が放射状に反射する

空の色がひとつ濃くなった

京成線の電車が通り過ぎていく
大きい風車のふもとに行くと
小さな石粒がいくつもあるのが見えた
死体のようである
タタタタと駆けていく子どもが
死体の上を通りすぎた
沼のそばはひどく泥濘み
私の足が砂利と土砂の間に
ゆっくりと吸いこまれていく

京成線が多くの人を運んでいる
いつの戦かはわからないが
ここは以前、戦場だったようで
佐倉城の城下町だったようで

沼は戦争のたび死体を吸いこみ
赤い色をした土砂で埋められた
今は生まれたときの半分の大きさで
大きな風車を支えている

京成線が向こうから走ってくるのが見える
空は真っ赤に染まっている
タタタタと戦士が通り過ぎる
小さな死体が少し動くと
電車の下敷きになってしまった
大きな風車が風をうけて回っている
ふもとの死体が転がっていき
ひとつ、ひとつ、沼に入っていく

京成線が遅延している
電車が沼のそばで止まっている

慌ただしくレールを覗く車掌を
上から乗客が見下ろしている
遠慮がちに出されたスマートフォンが
車掌とその下を捉えている

私は沼のそばで
小さな死体が吸い込まれるのを眺めていた
足はもうすでに抜けなくなった
真っ赤に染まっている
タタタタタと駆けていく子どもが
私の周りを回っている
風車が風をうけて回っている
京成線が多くの人を運んでいく

インカレポエトリ叢書Ⅸ
洞
二〇二一年四月三〇日　発行
著　者　牛山　茉優
発行者　知念　明子
発行所　七月堂
〒一五六—〇〇四三　東京都世田谷区松原二—二六—六
電話　〇三—三三二五—五七一七
FAX　〇三—三三二五—五七三一
印刷　タイヨー美術印刷
製本　あいずみ製本

ISBN978-4-87944-444-8 C0092